출렁, 그대가 온다

황금알 시인선 147

출렁, 그대가 온다

초판발행일 | 2017년 6월 30일

지은이 | 김시탁 · 김우태 · 김일태 · 민창홍 · 성선경 · 이달균 · 이서린 · 이월춘
펴낸곳 | 도서출판 황금알
펴낸이 | 金永馥
선정위원 | 김영승 · 마종기 · 유안진 · 이수익
주 간 | 김영탁
편집실장 | 조경숙
표지디자인 | 칼라박스
주소 | 03088 서울시 종로구 이화장2길 29-3, 104호(동숭동, 청기와빌라2차)
물류센타(직송 · 반품) | 100-272 서울시 중구 필동2가 124-6 1F
전 화 | 02)2275-9171
팩 스 | 02)2275-9172
이메일 | tibet21@hanmail.net
홈페이지 | http://goldegg21.com
출판등록 | 2003년 03월 26일(제300-2003-230호)

ⓒ2017 김시탁 · 김우태 · 김일태 · 민창홍 · 성선경 · 이달균 · 이서린 · 이월춘
& Gold Egg Publishing Company Printed in Korea

값은 뒤표지에 있습니다.

ISBN 979-11-86547-63-2-03810

*이 책 내용의 전부 또는 일부를 재사용하려면 반드시 저작권자와 황금알 양측의
  서면 동의를 받아야 합니다.
*잘못된 책은 바꾸어 드립니다.
*저자와 협의하여 인지를 붙이지 않습니다.
*이 도서의 국립중앙도서관 출판예정도서목록(CIP)은 서지정보유통지원시스템
  홈페이지(http://seoji.nl.go.kr)와 국가자료공동목록시스템(http://www.nl.
  go.kr/kolisnet)에서 이용하실 수 있습니다.(CIP제어번호: CIP2017012289)

출렁, 그대가 온다

시문학연구회 하로동선夏爐冬扇 시집 2

황금알

지식인의 절반이 시인이라는 이 시대

여름 난로 같은, 겨울 부채 같은

시문학연구회 하로동선夏爐冬扇 2집을 엮는다.

시대는 탄핵과 장미대선으로 혼란스럽고

봄 날씨는 봄도 여름도 아닌 듯하다.

이 길에 새롭게 김시탁, 이서린 두 분의 시인이 동참하였다.

함께 가는 이 길이 두 분의 시인에게도 행복한 길이 되었으
면 한다.

쓸모 있음과 쓸모없음에 대한 분별심이

봄날의 아지랑이같이 어룽어룽 한다.

시문학연구회 하로동선夏爐冬扇 일동

차 례

김시탁

김우태

성선경

이달균

김시탁

경북 봉화 출생
2001년 『문학마을』로 등단
시집 『아름다운 상처』 『봄의 혈액형은 B형이다』
『술 취한 바람을 보았다』
경남문학 우수작품집상 수상, 경남 올해의 젊은 작가상 수상,
창원시문화상수상
경남시인협회 부회장, 창원문인협회 회장 역임
현재 창원예술총연합회 회장

분주하다

새벽을 뜨개질하는 거미
밤새 그린 설계도를 지우는 안개
발기를 서두르는 태양 죽순의 옹알이
토란잎을 구르는 이슬 막일 나가는 김씨의
공중화장실 줄타기
틀니를 끼우는 할머니 어깨가 시린 조간신문
진동으로 기지개를 켜는 휴대전화
미리 와 잠든 부고
거친 숨을 몰아쉬는 압력밥솥
일기예보에서 불어오는 동남풍
2미터의 파고 속살이 찢기는 바다 하루 남은
달력 국솥의 파도 펄펄 끓는 욕
그리고 잠에서 깨어난 혀 말을 씹어 먹는 식탁
딸아이의 덜 마른 생머리 칭칭 감겨
목 졸릴 하루
그 펑퍼짐한 엉덩이 밑동이 넓은 생각
그리고 또 아내
맨발로 달리는 새벽 5시40분의 초침
넌 뭐 하고 있니

붉은 눈물

생각만으로도 미끄러진 마음은 길을 잃는다
꽃샘추위 채 피어보지 못한 목련
덜 익은 비릿한 생을 받아내는 땅이 아프다
절제할수록 생각은 구겨지고 구겨진 길로
치닫던 마음은 미끄러져 상처만 난다
울지마라 아플 때 흐르는 눈물은 붉다
동백꽃 붉은 눈물엔 바람조차 뭉개진 무릎으로
옆을 지난다
먼저 보낸 마을의 안부가 궁금해도
절룩이는 밤의 관절이 시려도 울지마라
붉은 눈물 흘리지 마라

편지

땅이 제 가죽을 찢어 새싹을 뽑아 올리는 동안
샛강이 개울을 끌어당겨 몸을 불리는 동안
숲을 떠난 나무들이 하나둘 숲으로 복귀하는 동안
밑동 넓은 벚나무의 혈관이 피를 끌어올리는 동안
세상의 꽃들이 봉우리를 터뜨릴 준비를 하는 동안
말을 잃어버린 사랑이 서툴게 수화를 익히는 동안
그리움 쪽으로 팔을 뻗은 해송이 지평선을 바라보는
동안
버선발로 내리는 비가 조용히 대지를 적시는 동안
낮술에 취한 오후 네 시가 목탁 위로 들어 눕는 동안
나는 장문의 편지를 쓰겠네
저 구름위에 들판 위에 흐르는 강물위에
굵은 연필로 밑줄을 죽죽 그어가며
침 바른 축축한 마음을 꾹꾹 눌러가며 편지를 쓰겠네
수취인 불명 그대의 심장 속으로
징처럼 두꺼운 우표 한 장 붙여 보낼 수 있겠네

장례식장에서

구십 네 살 이형 모친이 돌아가셨다
장례식장 가서 향 피우고 술 한 잔 올리는데
잘못 봤나 영정사진 속 모친이 눈을 껌벅이셨다

두 배 올리고 다시 모친을 바라보는데
이번엔 빙그레 웃으시며 말씀하셨다
마로 왔니 밥 묵고 가래이

의사가 수술 권했는데 안 했다고
그래서 돌아가셨다고 이형은 마음 아프다는데
모친은 국화 다발 속에서 개 안타 개 안타 하셨다

모친 말씀대로 밥 묵고 가려고
시래깃국에 밥 말아 퍼 넣는데 맥킬라 천철무라
돌아보니 국화 속에서 웃고 있는
어머니

가을소묘 3

가을 햇살이 만드는 수제비를 보셨나요
단풍잎 사이로 밀가루 반죽 같은 햇살을 죽 찢어
펄펄 끓는 물에 넣고 꽃게 등처럼 발갛게 익힌 수제비
를 보셨나요
간이 잘된 국물 속 파란 하늘을 나무젓가락으로 휘휘
젓다가
건더기가 된 사연을 건져 버적버적 씹으며 헤프게 웃
어본 적 있나요
낯선 사람 끼리 마주 앉아 자 한 입 하세요
주먹만 한 추억을 보쌈해 본 적이 있나요
시간이 흘러도 식지 않고 변하지 않는 방부제 같은 마
음을
펄펄 끓여먹고 입천장이 데어 몸서리치며
불덩어리 같은 사랑을 삼켜 본 적이 있나요
온몸에 수제비 돋아 기어코 잊지 못할 것들부터 잊어
가며
저물어가는 기억의 강에 첨벙 빠져 본 적 있나요
퉁퉁 불어 터진 채 익사 당한 꿈의 푸르죽죽한 민낯을
본 적 있나요

그의 시

자동차 보닛에 오줌을 갈기며 그가 말했다
시를 모르겠어 시의 낯짝을 제대로 본 적이 없어
그의 사타구니로 뿌옇게 쏟아지는 욕 같은 달빛
호스 꼭지를 바지춤에 쑤셔 넣던 그가 비틀거리자
길바닥이 쓰러졌다 그는 쓰러지고
그의 그림자가 일어나 뒤를 밟는 밤
또 그가 말했다
그녀를 모르겠어 그 여자 속을
쓰러졌던 길바닥이 일어났다
속이 메스꺼웠다 멀미가 났다
속을 모르는 여자들이 하이힐을 신고 지나갔다
개들이 사람의 속을 핥고 있었다
그림자를 놓친 그가 개처럼 짖었다
음흉한 달의 뒤태가 흔들거렸다
새벽 두 시가 찌그러졌다

불면증

이불을 목구멍 깊숙이 쑤셔 넣을까
뚫린 구멍을 모조리 막아 버릴까
껌벅껌벅 죽었다 살아나는 형광등 저 부정맥
아 제발 왜 이러세요 벽 박 액자 속에서 아버지
기어코 걸어 나오시네
맞담배를 피우며 민화투를 치는데
밖에는 비 맞은 바람이 패를 돌리다 말고
창문을 걷어차네
어미 아비도 없는 후레자식
망할 대나무는 또 왜 저들끼리 머리채를
지어 뜯나 지조 없이 부러지지 않는다고
그럼 왜 쪼개지니 그리도 쉽게
짝 쫘악 쪼개지는 밤

장마 5

끊어질 듯 이어지는 목쉰 사내의 음정은 불안하다
나무젓가락으로 목탁을 두드려 박자를 맞춰야 하는
낯선 사람들과 마주앉은 술자리도 우울하다
수타로 질긴 면발을 뽑는 근육질의 사내 덕분에
빈혈로 실뱀처럼 누워있던 강은 주둥이를 내밀고
흰죽을 받아먹듯 허옇게 거품 물고 주린 배를 채운다
4B연필로 죽죽 유서 한 장 세로로 그어놓고
다혈질의 사내는 땅바닥에 사정없이 정수리를 박았다

손을 잡는 일

빈손이 빈손을 슬며시 잡아보는 일
맨손이 맨손을 가만히 잡아보는 일
참 민망하게 아름다울 일이다

빈손이 맨손에 포개져서
이 손에서 저 손으로 이어지는 체온이
참 살갑게 가슴을 데울 일이다

쥐고 있는 것들을 내려놓고
손을 잡아보면 손바닥을 비벼보면
내려놓아도 넉넉해지는 마음에 덥석덥석
손잡게 된다

가진 손이 없는 손을 어루만지고
강한 손이 약한 손을 끌어당기면
세상의 모퉁이도 둥글게 된다
각진 마음도 슬며시 다가온다

서로 눈길을 주며 손을 잡자

젖은 손도 거친 손도 잡아보면 따뜻하다
미안하다 힘내라 사랑한다고
불끈 힘을 주며 손을 잡아보자

손을 잡는 일
사람의 마음으로 길을 내는 일이다
밝고 건강하고 거룩하고 찬란해서
살맛 나는 세상의 창을 닦는 일이다

냉면을 먹는 것은

정갈하게 빗은 여인네 머릿결 같은
언 강에 정수리를 찢던 겨울비 같은
면발을 사랑해서만은 아니다

질긴 인연 쌓인 한으로
엉킨 운명을 가위질해서 잘라야
제맛이 난다는 걸 알기 때문만은 아니다

가늘고 긴 생을 젓가락에 칭칭 감아
잇몸으로 다지고 이빨로 짓씹어
한입에 꿀꺽 삼키고 싶어서만은 아니다

겨자 국물 속에 빠진 낮달을 건져 먹고
아려오는 기억의 맨살을 만져가며 유배시킨
내 사랑의 안부가 궁금해서만은 더욱더 아니다

김우태

경남 남해 출생
부산대학교 국문학과 졸업
1989년 서울신문 신춘문예로 등단
1989년 오월문학상 수상
계간 『시와생명』 『경남문학』 주간 역임

깊은 방

너는 없고,
너만 가득한 방.

섬처럼 혼자 앉아
촛불을 켠다.
못 잊을 그 무엇을 찾아 나 여기 왔던가.
파도는 떠나라 자꾸 등 떠밀고
동백은 잊어라 연신 목 떨구던
비린 시절 한 토막 섬마을 포구.

길은 끝없이 갈라지다 다시 만나고
우리는 종종 부질없는 추억 속으로 미끄러진다.
어제의 맹세와 내일의 약속이 기이하게 어긋나던
갈림길 굽이마다
사랑은 늘 갈고리 같은 질문들 매달고 있다.
떠나고, 떠나보내기 위해
마음 없이 했던 말
끝내 못했던 말
내 안 밧줄로 서로 엉켜 오래도록 당겨진 흔적들.

꺼억 꺼억 끊임없이 밀려오는
창밖 배 부딪는 소리
밧줄 조여지는 소리
홀로 가뭇없이 작아지는 촛불과 나 사이를
파도는 밤새 일렁이며 얼마나 집요하게 추궁했던가.
쓰린 시절 한 끝자락을 붙들고 다시 찾은 포구.

너 없이, 너를 견딘
작고 깊은 방.

꽃은 왜 피는가

한 뼘도 안 되는 키 작은 봉숭아 하나.
오늘 아침에야 보니
화단 귀퉁이 눈부시게 꽃 피웠다.

다들 먼저 꽃 피우고 씨방 터트릴 때,
겨우 손톱만 한
꽃눈 달았던 놈.

보일 듯 말 듯 다른 것들 발치에서
용케 얼굴 내밀 때만 해도
저게 꽃이나 피울까 미심쩍더니,

가을 다 가기 전
끝내, 꽃 피웠다.
꽃 피자 나비 한 마리 어김없이 찾아주었다.

아, 꽃은 왜 기를 쓰고 피는가!
나비는 어찌하여 잊지 않고 오는가!

피어라, 목숨 있는 것들은 다!
크든 작든 축복은
언제나 그대 머리맡에 드리워져 있다.

나는 가끔 심심해지고 싶다

마지막으로 인간을 만들고 난
신神의 손도 이리 심심했을까.

이파리.
바람에 한껏 몸을 맡긴
오뉴월 감 이파리.
해도 달도 구름도
얼굴 슬쩍 비춰보고 간질여도 보는
뒤란 늙은 감 이파리.

후두둑 장대비 멎고
낙숫물 소리
멀리 내닫는 황토물 소리.
조는 듯 마는 듯 턱 괴임 하고
내 마음 굴렁쇠 따라
한정 없이 가보는 거다.

장독대 비새란 놈은
뭐가 그리 심심해서

방정맞을 꽁지를 쉴 새 없이 콩닥거리는지.
나도 짐짓 콩닥거려 보다가
문득, 하릴없는 놈!
장독이라도 깨보고 싶어지는 거다.

여우비 분분
땅 내음 밀려드는 대청마루
길쌈하는 엄마 곁 배 깔고 누워
엄마 젖도 마냥 빨아보고 싶어지는 거다.
이 멋대가리 없이 바쁜 세상에서
한 번쯤 심심해진다는 것은

한때 새였거나,
이파리였거나,
굴렁쇠였던 나를 만나는 거다.

노을 속에서

억새를 꺾어 마음이라 부르니
금세 오그리며 몸이라 하네.

풀벌레를 잡아 몸이라 부르니
폴짝 달아나며 마음이라 하네.

나는 몰라라, 모르고 싶어져라.
무얼 쥐었다, 무얼 놓았는지.

산 그림자 어룽대는 살빛 저문 강.
마음도 강물 따라 웃다 울다 흐르면

종은 울리네, 뉘우치지 않아도.
별은 나오네, 부르지도 않아도.

그리운 들길

마음은 뜨거워
자꾸 떠돌고,

몸은 차가워서
이내 돌아서라.

귀밑머리 날리어 목덜미가 흰
첫 입술 그리운 들길을

시려서, 눈이 시려서
금세 울 것 같던 사람아.

너는 이 가을 푸른 항아리
무슨 수로 온종일 이고 섰느냐.

소풍

너무 멀지도 가깝지도 않은 날에
사랑하는 이여,
우리 소풍 한 번 가자.

저 하늘 멀고 먼 곳에서 오는 햇살 이끌고
은빛 잔물결이 뛰노는 강변으로
조금은 기쁘고 조금은 슬픈 날.

이파리에서 이파리로 불어가는 산들바람
그대는 기타치고 나는 노래 부르고
풀밭에 팔베개하고
나란 누워 한정 없이 구름도 보고

지금 못 가면 아주 못 갈 그곳
사랑하는 이여,
우리 소풍 한 번 가자.
너무 멀지도 가깝지도 않은 날에.

정지비행

저것은 순리인가, 거역인가.

하늘과 땅이 공모하여 인간에게 쏜
화살의 비의.
빙빙 창공을 선회하다, 순간
날개를 편 채 그대로 멈춘
참매 한 마리.

과녁을 향해 한껏 당겨진 시위처럼
온 산 맥박이 일시에 멈춘다.
숨은 쥐의 정수리가 뜨겁게 곤두선다.
중력을 타고 노는
저 불가사의한 혼의 비행.

보라, 날고 기는 자 위에 누가 또 있는지.

명징한 슬픔
— 우포늪 낮달

물풀 틈에서 알 품던 논병아리가, 힐끔 나를 쳐다본다.
갈대 잎에서 짝짓기 중인 풍뎅이가, 힐끔 나를 쳐다본다.
늪 저만치 개구리를 삼키던 왜가리가, 힐끔 나를 쳐다
본다.

'과객이 무례했소이다' 인사도 받는 둥 마는 둥
오로지 놀다, 싸우다, 먹다, 짝짓기 열심이다.

저들은 저들 일에 열심일 뿐.
나는 내 갈 길 가면 그뿐인데,
놀라워라!

한 줄기 바람에도 천만 번 몸을 뒤집는 저 노랑어리연
꽃들.
선들선들 부는 비릿한 풀 향기 붉은 혓바닥 날름대는
물뱀들.
힐끔힐끔 쳐다보는 저 눈과 눈들의 촘촘한 부딪힘!

늪 가운데로 장난삼아 돌팔매를 휙 날려본다.

초록을 뚫고 푸른 하늘로 솟구치다 허공으로 까맣게
번지는 점들.
알면 알수록, 모르면 또 모를수록
그저 먹먹하고 아스라한 풍경들.

우리는 모두 이 풍경 속에 잠시 왔다 가는 사이.
그 인연으로 싸우다, 사랑하다, 죽고, 다시 태어난다.

'과객이 과격過激했소이다' 짐짓 인사하고 돌아서려는데
뒤통수로 명징하게 박혀오는 어떤 슬픔 하나.

웅덩이에 비친 반쪽 낮달이
힐끔, 나를 쳐다보더니
어느새 내 발을 낚아챈다.

섬

몸 닿는 데까지, 마음 가는 데까지
그렇게 가 보리라.
그곳이 설령 세상의 끝일지라도.

말을 달리고 노를 저어
마침내 내가 닿은 곳은 너,
미궁의 대륙!
한 점 외로운 섬인 육체.
알몸뚱이로 흘린 내 뜨거운 땀방울은
오직 나의 신에게만 바쳐지는 감로수.

오래오래 쟁여둔 바람.
언제 터질지 모르는 겹겹의 꽃잎.
내 맨 나중 숨결을 불어넣어
불을 댕긴다.

한 모금의 담배 연기.
새처럼, 가벼운
한 모금의 욕망!

두드리면 종소리가 날 것 같은 너의 단단한 이마.
구름이 잠시 머물다 가는 너의 눈.
내 입술은 조금의 망설임도 없이
망루 같은 너의 콧등에
가볍게 인사를 한다.

어둠과 별과 바람의 고향인 네 눈은
영원의 이부자리를 향해 곱게 풀어지고,
깜빡이는 순간순간마다
물음표를 달고 있는 너의 눈꺼풀은
알맞은 순서로 커튼을 드리운다.

가을 오동잎처럼 한 잎 한 잎
네 영혼이 불빛에 날릴 때.
너는 한 마리 새였다가,
심해를 유영하는 한 마리 물고기였다가,
마침내 당겨진 활처럼
한 마리 고양이로 변한다.

이윽고 내 크고 거친 손이
네 머리칼을 쓸어 넘길 때.
불붙기 시작한 너의 귓불은
넘실대는 파도 위의 태양처럼
고요한 바다를 뜨겁게 들썩이게 한다.

서서히 타오르는 머리칼은
수천 마리 벌을 초원에 풀어놓고
수만 마리 뱀의 혀를 풀어놓으며
비밀을 속삭인다.

"순간이 영원이에요"

물음표를 거둔 너의 눈빛에선 순간
수많은 별이 떠올랐다 사라지고
허리는 삼각파도 몰아치는 해협인양
요동치다 잠잠해지기를 반복한다.

너의 등뼈는 회전하는 지구의 축!
오래오래 쟁여둔 바람.
그 바람 속으로
그 바닷속으로
나는 아이처럼 바람개비를 들고 달리기 시작한다.

흩어지는 땀방울
땀방울을 굴리는 바람의 조화 속에
천상의 합창 소리 은은하게 들려온다.
너의 팔과 다리
목과 얼굴
피와 살을
물어뜯는 광기의 파도!

삶과 죽음은 그 순간 하나였다! 아니,
하나를 향해 먼 곳으로부터 모아졌다.

아무것도 없다. 빈자리
어떤 말도,

어떤 기도도
그 닿을 곳을 몰랐다.
깊이를 알 수 없는 깊이.
그곳에서 너는 섬처럼 솟아올라
흰 거품을 해변에 게워놓는다.

해변의 동백은 겹겹의 꽃잎으로
하얀 피를 마시고,
새들은 그 작은 부리를 움직여
최상의 노래로 화답한다.
섬이 깊은숨을 쉴 때마다 안개가
조금씩 피어오른다.

들숨은 그녀의 탄생.
날숨은 그녀의 죽음.

시간은 말고삐처럼 풀어져
내일 아니면 모레
또는 먼 훗날 죽음의 고삐를 채울지라도

그녀는 순간을 영원 속에 알맞은 깊이로 감추고
안갯속으로 서서히 사라진다.

차표를 끊어 드리고

물레를 돌리는가 싶으면
어느새 빨래를 두드리고
방아를 찧나 싶으면 깻단을 틀고

밭매는가 싶으면 마늘종 뽑고
나무하는가 싶으면
어느새 저녁 다 지어놓으시더니

손발이 너무 빨라
늙기도 저리 빠르셨나!

집에 가고 있다고 전화라도 할라치면
찬찬히 오라고 몇 번씩 다짐받고는
정작 상 차려놓고 동구 밖 기다리던 사람

어쩌다 아들딸네 집
두루 사나흘 묵을 양으로
큰맘 잡수시고 나선 걸음이련만

빈집에 쫄쫄 굶고 있을
강생이 얌생이가 자꾸 눈에 밟힌다고
이틀도 못 넘기고 휭 가버리시는

늙어서도 그 발길 도무지 따라 못 잡을
날래디날랜
저 깨꽃 차림 뒷모습!

김 일 태

1998년 『시와시학』으로 등단
시집 『부처고기』 외 7권
시와시학 젊은시인상, 김달진창원문학상,
창원시문화상, 경상남도문화상, 시민불교문화상 등 수상
이원수문학관 관장, 창원세계아동문학축전운영위원장,
경남대 문화콘텐츠학과 겸임교수

사랑, 그 가벼운 흔적

산수국 헛꽃잎
오글오글
얄궂게 꼬부라졌다

어제, 새
벌 나비 두어 마리
다녀갔는 갑다

공룡 발자국

누구신가?
아득한 시간 건너
말없이 나를 다녀
맨발로 영생의 길 가신
그대는

전 전생을 보다

남산을 열고 들어가
삼륜대좌三輪臺座 부처*를 보았네
생각 말 몸짓에 끌리느니
차라리 머리를 버린

부처를 열고 들어가
신라 천 년을 보았네

신라 천 년 세월 한 귀퉁이에서
이승의 나로 태어나기 위해
선연선과善緣善果를 비는
키 작은
아낙 하나 보았네

* 경주 남산 용장사 계곡 머리가 없는 석조여래좌상(보물 187호)

가로수 길 위에서

나무는
걸어온 길 스스로 축복하기 위해
제 발자국 위에 수를 놓는 것이다

제 가야 할 길 보기 위해
저리 환하게 촉을 밝히는 것이다

또 한 번 험한 계절
가벼이 건너고자
불필요한 수식 버리고
여백을 품는 것이다

섬진강 가에서 보았네

세상 빛 다 섞으면 투명해지듯
세상 소리 다 담으면 침묵이 된다는 걸
섬진강에 귀 대 보고 알았네

모든 색 다 쌓으면 무채색 되듯이
모든 생각 다 담으면 적막이 되는걸
섬진강물에 손 담가보고 알았네

눈 감으면 결로 만져지는
물소리 바람 소리 노승의 독경 소리
노루 산토끼 어치 딱새 착한 눈망울
삼월 잔설의 넋두리까지

다 담거나 다 비우거나
한 가지라는 걸
섬진강 가에 가서 보았네

치매

가까운 기억부터 지워
맨 나중에 맨 처음으로 돌아가려는
형상기억

삼각지대

태국 라오스 미얀마 접경 골든트라이앵글을 가르는
메콩강 가에 홀로 우뚝한 대불
좀 더 잘 사는 태국 쪽에만 손을 벌리고 있었다.

치앙라이 코끼리 캠프에서는
기본 스케치도 없이 캔버스에 물감으로 그림 그리는
놈들
웬만한 동네 선수쯤 킥 실력을 뽐내며 축구하는 놈들이
구경꾼들을 가지고 놀고 있었다.

큰 이벤트 막간에 집단으로 나와
왼발 오른발 한번 씩 들었다 인사하고 들어가는 하등
재주꾼 코끼리들
인간 세상 고수라 자랑하는 이들을 향해
큰 소리로 코를 세워 한마디 가르친다.
이러나저러나 결국 사탕수수 한 점 얻어먹기 아니냐고
죽기 살기로 아양 떨들 무슨 특별한 대접 받느냐며

아직은 제 분수를 모르는 어린 코끼리 마냥

코끼리 등 타고 히말라야 끝자락 고산지대 놀이터 간
아내는
삼만 원짜리 집라인 놀이기구를 타며
빗속에서도 손오공이 된 양
자연과 기술의 절묘한 만남에 흥분을 감추지 못했다.

무덤덤한 가이드는
지금도 고산족 여자아이 하나가 돼지 한 마리 값에 팔
린다고
오락가락하는 빗소리처럼 말했다.

월화수수금토일
일주일 8요일을 사는
골든트라이앵글 사람들

지상천국*은 지금

협곡은 찰기 없는 안남미 밥처럼 푸석한 배경이다
사내 떠난 집은 제 몸보다 더 큰 망태기 안의 짐이다
평생 허리 굽혀 너덜겅 오르내리던 장족** 여인들
땀과 눈물샘 염정鹽井을 까맣게 살 태우며 긷던 나시
여인들
절개의 표식으로 장신구에 새긴 일곱 개 별 문양 따라
해 뜨기 전 일 나가 북두칠성 뜰 무렵 집에 돌아오던
그녀들도
이미 대지와 성녀의 다른 이름들을 모두 버렸다
몸이 글이고 마음이 말이던 그들의 상형문자 같은 솔
직한 삶도
누가 뭐라 하건 열심히 룽따를 매달던
해 질 녘 야크무리 같은 착한 수행자들도
적묵寂黙의 뒤편을 점령해온 물신物神들에게 잡혀
더러 죽거나 더러 도망가고
포로가 된 이들만 저들의 계략에 따라
저의 신들인 히말라야를 갉아먹고 있었다

신은 목이 메여

만년설 쓴 채 세상을 벗어나려 자꾸 높아만 가고
죽어서도 오래 사는 법 잃어버린 그들을 위해
어미 아비들이 온몸으로 써놓은 운명만
박물관에 갇혀 있었다

* 꿈의 낙원. 중국이 샹그릴라로 개명한 옛 동티벳 광활한 고원지대.
** 장족 나시족. 중국 운남성 귀주성 등 고산지대에 사는 소수민족.

건널 수 없는 다리

마추픽추에서
잉카의 길 걸었다

태양문 지나고
잉카의 다리 앞에서
되돌아가라는
신의 계시 같은 표지판을 보았다

더 이상 잉카를 해독하지 말라고
적당히 궁금한 채 돌아가라고
더 이상 아픈 곳으로 들어오면 마음 다친다고
다리를 싹둑 끊어놓은

잉카 가는 길

아구아 깔리엔테스의 눈물

마추픽추 가는 종착역 아구아 깔리엔테스
관광을 마치고 역으로 이동하는 우리들 관광버스
예닐곱 살쯤 돼 보이는 인디오 전통 옷 입은 여자아이가
다짜고짜 올라탔다
가이드가 측은한 표정 지으며 내리라고 종용해도
우리들 일정 꿰뚫고 있는 듯 막무가내로 버티면서
시키지도 않은 인디오 전통노래 한 구절
느낌도 없이 짧게 흥얼거리고는
머리에 쓴 둥근 모자 벗어들고
통로를 돌며 수금을 했다
관광 상품가게에서 흥정하며 시달리는 것보다
밑천 없이도 되는 손쉬운 돈벌이가 스스로 대견한 듯
돈을 세어보며 가볍게 웃다
차에서 내렸다

민창홍

1960년 충남 공주 출생
2012년 『문학청춘』으로 등단
시집 『금강을 꿈꾸며』 『닭과 코스모스』
서사시집 『마산 성요셉 성당』
경남문학 우수작품집상, 창작예술상(문학),
마산예술 공로상을 수상
2015 세종도서 문학나눔 우수도서 선정
민들레문학회 회장, 마산교구가톨릭문인회 회장,
마산문협 사무국장 부회장,
계간 『경남문학』 편집장 및 편집주간 역임

옥상에서

시가지를 내려다본다
작은 몽돌 같은 집과 산보다 높은 빌딩
공원의 나무들이 듬성듬성 다도해같이 푸른데
바다로 가는 길은 막혀 있다

때로 사람을 그리워할 때 고독하다

산이 제일 멀리 있고 그 앞에 집이 몇 채
물이 흐르고 미루나무 줄지어 서 있고
초록의 들판 눈 속으로 들어오는 순간
고향집 까치가 내 손을 찍는다

때로 사람은 떨어져 있어 봐야 그립다

전시장 풍경화 앞에서
다가서다 물러서다를 반복하다가
찾지 못한 저 도심 속
속마음

때로 멀어져 간 사랑이 아름답다

가시

아들 녀석 고속버스에 태워 보내고
아내 손잡고 걷는 장미공원
색색의 꽃들은 제각기 피어
딸아이처럼 멋을 내고
장미는 왠지 붉어야 한다는 편견
온통 가시 달린 꽃길이다

온유한 빛과 꽃들 사이
나에게 밀려오는 이기적인 탐욕
가시는 계속 찌르고
꽃송이 헤치며 가는 길
저마다 왜 다른지를 보여주며
살아온 색깔을 반추하는 장미

붉은 장미 한꺼번에 머리를 드는
깨고 싶지 않은 편견의 터널

우리 아들 잘 도착했을까

상床 파는 여자

솔거가 그린 소나무에 비둘기가 곤히 잠을 잔다
뿔 달린 낙타*를 타고 시인은 지나가고

옻칠 냄새 가시지 않은 갈라진 손바닥
뒷방에서 다락방에서 먼지 먹고 자라는 상들
전생엔 모두 수라상이었을 봄날

상床은 팔지 못하고
상相만 파는 여자

새 상床 선보이는 자존심
아파트 담벼락에 세워 놓고
아이들 둘러앉은 저녁 시간 걱정하는데

석양을 머리에 이고 떠돌던 젊은 날
꾸벅꾸벅 졸음이 밀려오고
눈길 주지 않는 발자국 소리마다
동그란 상처럼 커지는 눈동자

잠자던 비둘기는 곧 날아갈 것 같은데
나무에 차려지는 진수성찬
흐드러지게 기지개를 켜는 벚꽃

한 번쯤은 멋진 식탁에 앉아보고 싶은 여자
찻잔 앞에서 한가롭게 수다를 떨고 싶은 여자
부자이면서도 부자가 되고 싶은 여자

* 성선경 시인의 시론집 『뿔 달린 낙타를 타고』 인용.

왼쪽과 오른쪽

운전대를 잡고 출발을 한다
방금 차에 오르며 던져놓은 잡지 속 아가씨
내 옆 좌석에 떡 앉아
좌회전하십시오 우회전하십시오

복도에서는 좌측통행
붐비는 거리에서도 좌측통행
교과서에서 동양의 정서라고 뼛속 깊이 배웠는데

복도에서는 우측통행
붐비는 곳에서도 우측통행
질서의 기본이라고 교과서대로 가르치고 있으니

왼쪽으로 가라고?
오른쪽으로 가라고?

복도에서 아이들과 엉키면서
풀어야 할 이념처럼
풀지 못하고 엉키고 또 엉키면서

좌의정이 먼저야 우의정이 먼저야
우의정이 먼저야 좌의정이 먼저야
좌우의 개념 모르고 조심스럽던 국사 시간처럼

술이 덜 깬 듯 당최 혼란스럽다
절대 넘으면 안 되는 중앙선
어디로 가라고?

단풍나무 아래에서

목이 말라 내려가던 약수터 계단
갈증은 뚝뚝 떨어지고
바쁜 시선을 잡아끌었던 여인
우거진 나무들 사이에서 물을 들이켠다

산 아래로 단풍은 내려오고 있는데
사람들은 정상을 향해 출발한다
오도 가도 못하는 산
산

단풍인지 등산복인지 모르는 청설모
못 오르는 건지 안 오르는 건지
단풍나무는 그대로 서 있고
나도 그 아래 서 있다

고개 숙인 여인의 통에 돈을 넣어주던
포스터 속 착한 사마리아 할머니
사소한 것에 집착하는 단풍 뒤로
망설이는 나를 붉게 만들고

한가위

솔잎 넣은 동동주가 익어가는 방
천방지축 고사리손들
하얀 초승달 속 까만 콩 채우고

송아 가루 환한 대청마루
다식판 꾹꾹 눌러가며
한복 고운 새색시 시끌벅적 안부 찍어내고

솔 향기 불러와 김이 칙칙폭폭 솟는 부뚜막
소금을 넣지 않아도 짠 이야기
송편처럼 고소하게 익어가니

낮잠 자던 장작들 뜨거운 화덕
바람처럼 불려 온 며느리들
푸짐하게 부쳐내는 기름진 손길

텃밭에서 일하던 남자들
경제가 어렵다는 이야기 머위잎에 싸는데
강아지는 졸랑대고
보름달도 떠오르고

탄금대 가는 길

하늘 향해 포효하며 늘어선 소나무
해설사의 손에 기대어
우륵은 가야금을 연주하고

솜이불처럼 푹신한 솔밭에서
갈퀴로 긁어모으던 지게꾼의 솔잎
동화 속에서 기지개를 켜고

소나무는 잎이 두 개씩 붙어
해를 걸러 잎이 지고 나고

잎이 세 개씩 묶이어 바다 건너온
왜송의 솔잎처럼 쏟아지는 한
슬픈 가락은 남한강에 흐르고

관광버스 산새들의 재잘거림 쏟아놓고
평화로운 강물 소리 흐르는 숲

산보하듯 앞서가는 가야금 소리

소나무가 불러오는 강바람
소리 한 자락 할거나

느린 우체통

기다림이 사랑이라는 걸 모르고 살았는데
카드 청구서는 우표도 없이 날아오고
조바심내며 우편함 근처를 서성이는 동안
창동 거리를 걷고 있었다
봄날은 기울어 가고
타임캡슐처럼 하나둘 불을 밝히며 들썩이는데
기다리다 처진 어깨 어디쯤엔 나비가 앉았네
배달사고의 책임을 지지 않는다
파란색 통은 한 달 걸리고
노란색 통은 일 년 걸린다는
느린 우체통 앞에서
지친 내 발을 묶고 편지를 쓴다
나는 조금이라도 빨리 가고 싶은데
너는 더 느린 것을 찾고 싶어 했었지
기다리다 붉게 타오른 우체통에
동백꽃이 다시 필 때까지 너의 얼굴 그려 넣는다

해바라기

누가 있는지 돌아볼 여유도 없이
풀벌레보다 먼저 눈을 떠서
오직 한 사람만을 위해
뜨겁게 여름을 보내겠습니다

쪽빛보다 푸른 하늘에 우뚝 솟아
참새보다 먼저 들녘에 나가
오직 한 사람만을 위해
부지런하게 가을을 보내겠습니다

머지않아 내릴 들녘의 어둠 바라보다가
허수아비처럼 모든 것 내어놓고
오직 한 사람만을 위해
겸손하게 빈손으로 떠나겠습니다

햇빛이 달무리처럼 번지는 돌담 사이로
긴 눈보라 견디며 기도하던 손
오직 한 사람만을 위해
작지만 큰마음 담아 잎을 틔우겠습니다

문

마지막 나서는 사람
뒤를 돌아볼 것인가

회한의 자기 암시 같은 어둠
등불을 켤 것인가

촛불처럼 점점이 다가오는 눈송이
성탄절 전야에 하루살이처럼 모여들고

날이 밝을 때까지는 알려야 할
아기 예수의 탄생

물결은 소용돌이처럼 크고
바램은 활짝 열려있는 밤

뒤를 돌아보는 사람
마지막으로 나설 것인가

성 선 경

1960년 경남 창녕 출생
1988년 한국일보 신춘문예 시 부문「바둑론」당선
시집『석간신문을 읽는 명태 씨』『봄, 풋가지行』『진경산수』
『모란으로 가는 길』『몽유도원을 사다』『서른 살의 박봉 씨』
『옛사랑을 읽다』『널뛰는 직녀에게』
시선집『돌아갈 수 없는 숲』
산문집『물칸나를 생각함』
시론집『뿔 달린 낙타를 타고』
동요집『똥뫼산에 사는 여우』(작곡 서영수)
월하지역문학상, 경남문학상, 마산시문화상,
시민불교문화상 수상

내 마음 절벽 위의 맙소사

아뿔싸!
겨우 한 송이 핀 꽃을 누군가 꺾어 가 버렸다

한 생애가 황망히 저물자
새도 목이 잠기어 서녘은 핏빛인데
이제 이 마음의 빈 절간을 어쩐다
저 혼자 덩그런 절벽.

길은 언제나 자기에게로 되돌아온다

출세간出世間,
함부로 길 나서지 마라
길은 언제나 자기에게로 되돌아온다
한참을 에두르는 것 같아도
그렇게 보여도
열매는 그 뿌리에게로, 원형이정元亨利貞
늘 제자리로 돌아온다
돌아오고야 만다.

외삼학나루에서

공무도하 공무도하
그대는 떠나고 나만 남는 강가
돌아보지 말아요 강물은 되돌아오지 않아요
삼학 삼학 당신이 웅얼거리면
사막 사막 이렇게도 들리지만
저녁이면 강나루도 노을이 들어요
그대 떠나고 나만 남은 강가
돌아보지 말아요 노을이 들면 그뿐
되돌아오지 않는 강물도 노을이 들면 그뿐
사공사공 불러도 내 귀엔 강물 소리 적막적막
외삼학 외삼학 당신이 웅얼거리면
왜 사막 왜 사막 내 귀에는 그렇게만 들리지만
공무도하 공무도하
그대는 떠나고 나는 서편 창가에 앉았어요
그대 떠나고 나만 남은 강가
강물은 결코 되돌아오지 않아요
학은 이미 떠나고 이름만 남은 나루처럼.

대숲에 와서 새소리를 듣는다

대나무는 날지 못하는 새의 뼈
이미 뼛속을 다 비웠으니 곧 날아가리라
기대하고 들으니 새소리가 들린다
대숲에 와서도 날지 못하는 새
닭백숙을 먹으며 대나무 닮은 뼈다귀를
피리처럼 분다. 닭의 뼈들이 대나무처럼
운다. 피리처럼 새처럼 운다
대나무는 날지 못하는 새들의 영혼
대숲은 날지 못하는 새떼들의 망명지
나라 없는 영혼처럼 대나무가 운다
이미 뼛속을 다 비웠으니 곧 날아가리라
지난여름에도 기대하였으나
올해도 대숲에 와서 다시 새소리를 듣는다
날지 못하는 새,
망명지의 영혼,
피리처럼,
슬픈 피리 소리처럼,
이미 뼛속을 다 비웠으나 날아가지 못한
새소리를 듣는다. 대숲에 와서.

모든 대추나무는 벼락을 맞고

내 도장은 벼락 맞은 대추나무로 만든 것
이것을 나는 무슨 벽사의 부적처럼 여기고
주머니 안에 넣어 다니며 몰래
남몰래 주머니에 손을 넣어 만지작거리고
무슨 못들을 말을 듣거나
못 볼일을 보게 되면 만지작거리고
벽사의 주문처럼 웅얼거리고
이 대추나무 뼈다귀를 움켜쥐게 된다
알고 보면 모든 대추나무는 벼락을 맞고
이 벼락 맞은 대추나무 뼈다귀들이
축제의 난전에서 도장으로 환생하지만
그래도 참 이딴 것에 하고 우스워도 하지만
이는 정말 잘 모르고 하는 일
벼락에 맞는 일은 환골 하는 일
벼락을 맞는 일은 탈태 하는 일
한 생애를 뛰어넘는 일이다. 나도
언젠가 벼락을 맞아봐서 안다. 그래서
벼락 맞는 일이 얼마나 큰일인지 안다
내 도장은 벼락 맞은 대추나무로 만든 것.

동백나무 등 뒤에 가 숨다

내 가난의 뿌리는 화왕산 억새
태워도 태워도 봄비엔 새로 돋아
늘 한 길 넘게 자라지
삶의 길이란 토막 난 절벽을 마주하는 일
건너도 건너도 반드시 다시 만나지
늘 한 길 넘게 버텨 서지
나는 수요일에도 술을 마시지
혼자서도 마시고 어울려서도 마시지
가장이란 벽 없는 방에서 혼자 우는 사람
울어도 울어도 눈물이 나지
가을이 와도 구절초가 피어도 울지
어떻게 사람이 꽃 앞에서 우나 그러지 말게
내 울음의 뿌리는 화왕산 억새
태워도 태워도 새벽엔 새로 돋아
자주 새벽의 뒤뜰을 서성거리지
서성거리다 서성거리다
동백나무 등 뒤에 가 숨어서 울지
울음이란 기대고 싶은 등 뒤에 가 숨는 것
뒷짐을 지고도 울지.

복숭아뼈에서 아담의 사과까지

순천만
갈대밭을 둘러보았다
흔들리면서도 갯벌을 움켜쥐고 있는 저 뿌리
그래서 어쩔 것이냐?
친구여 잔을 받아라, 술잔이 돌고
그래 나도 이젠 한고비는 넘겼다고
자식 자랑이 안주접시에 넘쳐도
여기는 순천만
오만 평이나 되는 내 인생의 고독
그래서 어쩔 것이냐?
아무리 웃음이 왁자하던 술판이 끝나도
홀로 방에 들면 다 타관인
저 여인숙처럼
흔들리고 흔들리는 갈대처럼
복숭아뼈에서 아담의 사과까지
날아오르는 철새
오만 평이나 되는 고독.

하늘매발톱은 미나리아재비

내가 방금 생각한 건 잘 잊는다는 것
십 년 전의 일들은 아주 잘 기억이 나
십 년 전의 십년 전도 아주 잘 기억해
그러나 내가 방금 하려던 말
금방 잊는다는 것
아무리 생각해도 기억나지 않는다는 것
한발이 심한 요즘 날씨처럼
그냥 무덥다는 것
무더워도 그냥 견딘다는 것
우리가 아는 하늘색은 하늘색이 아니야
그냥 파래서 종종 잊는 것이지
방금도 한 생각 잊어먹었어
내가 잘하는 건 잘 잊는다는 것
방금 생각한 건 잘 잊는다는 것
십 년 전의 십 년 전도 기억하지만
그러나 방금 내가 하려던 말
금방 잊는다는 것
아무리 생각해도 기억나지 않는다는 것
그냥 파랗게 잊는다는 것.

노루 꼬리는 왜 짧아서 해는 빨리 질까

포도가 열리지 않는 포도나무 한 그루 심어놓고
포도가 열리기를 기다리며 물을 주네
아침이면 잎사귀를 들여다보고
저녁이면 그늘 아래서 차를 마시네
포도가 열리지 않는 불임의 포도나무
나는 무엇을 기다리고 또 무엇을 기다리지 않는가?
하루해는 짧아서 아침을 먹자마자 점심상이 차려지고
차 한 잔에 벌써 별이 돋네
포도가 열리지 않는 포도나무 아래서
허무로 허무를 키우며
나는 차를 마시고 시를 쓰네
포도가 열리지 않는 포도나무 한 그루
나는 무엇을 기대하고 무엇을 기대하지 않았을까
아이들은 자라서 집을 떠나고
해는 노루 꼬리보다 짧아서 쉬, 별이 돋는데
포도가 열리지 않는 포도나무 한 그루 심어놓고
저녁이 가고 또 아침이 오면
나는 또 무엇을 기다리나
물을 주고 또 물을 주면서

또 시를 쓰면서 포도가 열리지 않는
포도나무 아래서
포도나무 아래서.

꿩 대신 닭이라니요

아무리 선임하사가 뭐라고 꼬셔도
하사는 되지 말자 생각했다
어이! 김 하사
어이! 이 하사
이렇게 불리게 되면
꼭 질 낮은 선비가 된 것 같아
하사는 되지 말자 생각했다
그래도 나는 병장, 병사들의 우두머리인데
닭으로 쳐도 볏인데
하사가 되면 봉급이 얼마라 그래도
꼭 질 낮은 선비가 될 것 같아
삼월이나 오월이처럼
시골 머슴 딸 이름같이 불릴 것 같아
하사는 되지 말자 생각했다
그래도 나는 병장, 졸병들의 우두머리인데
장끼의 빛나는 꽁지깃만은 못해도
닭으로 쳐도 볏인데.

이달균

1957년 경남 함안 출생
1987년 시집 『남해행』과 무크 『지평』으로 문단 활동 시작
시집 『문자의 파편』 『말뚝이 가라사대』 『장롱의 말』
『북행열차를 타고』 『남해행』 등
영화 에세이집 『영화, 포장마차에서의 즐거운 수다』
중앙시조대상, 중앙시조대상신인상, 경상남도문학상,
마산시 문화상, 경남시조문학상 등 수상

9 · 4 · 1 · 3

이육사李陸史란 이름은
형무소의 수인번호 2 · 6 · 4

이상李霜은 신명학교 동기생
구본웅에게서 선물 받은
스케치박스 사생상寫生箱의
상箱자를 넣어 만든 필명

9 · 4 · 1 · 3은 나의 상징
내 팔자는 위기일발, 탄탄대로는 없었다
하지만 마지막엔 살아남는다

구사일생
내 무한긍정의 숫자

날틀 전쟁

은하수만큼이나 소란스레
뜨고 지는 날틀밭 서로 데려오자고
밀양과 가덕도가 한판 붙었다

여의도에서 온 사람
떴다방에서 온 사람
논마지기 가진 사람
머리띠에 피켓 들고
나발 불고 나선 사람

다 끝났다 빈손이다
기다리던 날틀은 오지 않는다
고도처럼,
날틀은 오지 않는다

서툰 시인

시인은 죽었다
넌 일류, 난 삼류
회칼로 선 그어 정의하지만
시인은 죽었다 벌써 죽었다

선시, 생태시, 참여시, 순수시, 농민시, 미래시……
똥폼 좀 잡지 마라

신파 영화 관객 수
1,000만 명 돌파한 날
자비로 펴낸 시집

한 번만, 제발 좀!
읽어만 주십사고
낯설고 낯익은 사람
밤새고 밤새워
주소 적는다

해골

해골 끌어안고
잠든 의대생이 있었다
그에게 해골은
우주였고 밥그릇이었다

빈들

추수 끝났다
들은 텅 빈다

도리깨, 탈탈이, 곰배갱이 등등
잊혀 진 이름은 돌아오지 않고

이슬인지 안개인지
길 잃은 빗방울만 스며드는 들판은
적막해진다

하지만 뜨거워라
들판은 치열하다

메뚜기, 지렁이, 논늑대거미...
그들만의 리그는 이제 시작이다

흑갈색으로 몸 바꾼 초록메뚜기
부릅떠 응시하는 논늑대거미
더 깊은 흙 속을 파고드는 논지렁이

시방 추수 끝난 빈들은
사생결단 중

득음得音

소리는 날고 싶다 들바람 둠벙 건너듯

휘몰이로 돌아서 강물의 정수리까지

아름찬 직소폭포의 북벽에 닿고 싶다

적벽강 채석강을 품어 안은 변산반도

북두성 견우성이 어우러져 통정하고

윤슬의 만경창파는 진양조로 잦아든다

결 고운 그대는 국창國唱이 되어라

깨진 툭바리처럼 설운 난 바람이 되어

한바탕 쑥대머리나 부르며 놀다 가리니

그날은 찾아올까 우화등선羽化登仙은 이뤄질까

가을빛 스러지면 어느새 입동 무렵

노래는 구만리 가고 기러기는 장천 간다

요절天折

칠흑의 밤을 밝히는 이들에게 들려주리
촛불에게 약속에게, 부딪는 부싯돌에게
내 미처 이름 짓지 못한
한순간의 섬광에게

눈물에 닿기 전에, 선잠이 깨기 전에
뿌리마저 태우고 쓰러지는 나목처럼
눈 감은 밀랍인형의
창백한 새벽처럼

내일은 저 홀로 달려오지 않는다
지친 이름이여, 짧은 몇 줄 시여
도저한 생을 할퀴고 간
상처의 흔적이여

잊혀 진 우물

짐승도 산그늘도 다녀간 흔적 없는

외로운 북향의 우물이 있습니다

간간이 치열 어긋난 빗방울들만 찾아옵니다

하늘이 적막하면 별에도 녹이 습니다

곤궁한 못 자국처럼 부러지는 바람들

메마른 상상력의 샘을 가만히 바라봅니다

백중

백중날 여우비

오는 둥 마는 둥

건들 칠월 어정 팔월

벌써 여름 다 간다

어정뜬

늙은 총각도

이리 빈둥 저리 빈둥

기념관

시인,
바람 닮고
비 닮은
애인이여

헌책방 먼지 묻은 서재를 지키는

오롯한
시집 한 권이
묵중한
기념관이다

이서린

경남 마산 출생,
1995년 경남신문 신춘문예 당선
2007년 월하지역문학상 수상
시집『저녁의 내부』
경남시인협회 회원, 가향 동인
주책밴드 · 인문학 '돗귀' 멤버
문학치료 · 소통 · 시낭송 강사

그대가 나에게 올 때

출렁,
그대가 온다

네거리 교차로 횡단보도 너머
와르르 쏟아지는 사람들 사이
솟아났다 가라앉다 수차례
그대가 땅속을 몇 번 들어갔다 나왔는지 나는 짐작만
할 뿐

신의 뜻이겠지
신의 뜻일 것이다
신은,
왜

기울어진 몸만큼 무너진 청춘을 짚고
겨울 강가에서 입술을 깨물었다는 그대의 문간방은 자
주 젖었다지
기우뚱 내려가는 어깨의 깊이로
지상의 파동에 예민한 한쪽 발의 감촉

지하에 이르는 길을 잘 알 수 있댔지
동굴 같은 시간을 헤매며 더듬다
어쩌다 이만큼 오게 되었다지
온 빛을 지닌 그대 얼굴은

신호등은 바뀌고
숨 가쁜 물살처럼
기슭을 향하는 작은 배처럼
출,
　　렁

그대는 온다

여與

하늘이 좋았다

구릉을 내려오는 염소가 멈추자

거기, 별꽃이 피었다

꽃을 쓰다듬는 염소의 눈망울

비석도 없는 묘지가 둥글게 등을 말아

햇볕에 몸을 맡겼다

쇠락한 추억들이 지나가도

처음은 오래 함께 있을 것이다

이러저러 구름이 몰려와도

하늘은 좋았다

외딴섬

짓이겨진 몸은 처참하구나
25번 국도 노란 중앙선 한가운데
고립된 섬처럼 방치된 사지
단숨에 숨이 끊어졌겠지
아니 제발 그랬으면

아직 숨이 붙어 할딱였다면
검은 바퀴들의 질주와 마찰음 사이
거대한 불빛들이 쏜살같이 지나갔다면
두 눈이 감기는 마지막 순간
건너편 숲의 울음소리나
까마득한 별이라도 지켜주었기를

캄캄한 사방 망망대해 홀로
순식간에 솟았다 지워지는 작은 섬의 기원起源

비는 내리고
젖은 도로는 길고도 검었다

벼락을 피하는 방법

작당한 듯 빗줄기들이 모여들었다

이에 질세라 천둥도 천지를 뒤흔들고

어쩌자고 번개까지 거드는지

번쩍일 때마다 파르르 떠는 작고 여린 잎들처럼

마루에 붙어 앉은 새파란 입술의 어린 딸들

벼락이 떨어질까 집이 떠내려갈까

꼭 끌어안고 엄마만 쳐다볼 때

연기가 지붕을 감싸면 벼락이 안 떨어진다는 옛말에

엄마는 뻑뻑 담배를 피우다가

마루 한가운데 세숫대야를 놓고 신문지에 불을 붙였다

마루엔 연기가 차오르고

엄마는 쪼그리고 앉아 연신 담배를 피우고

딸들은 무릎을 맞대고 엄마와 하늘을 번갈아 쳐다보고

천둥과 번개는 얄짤없고

빗줄기는 점점 거세지고

자욱해지는 연기에 기침과 눈물은 쏟아지고

손암*일기 異菴日記

용아, 밥은 먹었느냐
저녁상을 치우고 마당에 서니
바닷바람 사이 마악 별이 돋는구나
강진의 초가지붕에도 저 별빛은 가 닿으리라 생각하며
마음은 그렇게 먼 바다를 서성인다

검고도 깊은 바닷물이 사방에 진을 치고
오가기도 자유롭지 못한 처지라
캄캄한 밤을 꼬박 지새우기도 한 숱한 날들
신념과 현실 사이에서 술잔은 출렁이는데
너 역시 어찌 견디고 있는지

오래전 동림사東林寺와 천진암天眞庵의 추억에 노를 저어
바다 건너 강진을 갔다가 되돌아오기를 여러 번
바닷바람이 행여 아우의 안부를 전해줄까 싶어
두 손으로 귓바퀴를 모으기도 하였지만
갈매기 울음만 하늘을 헤매더구나

사리마을 검은 땅에 꽃 필 때 네가 오겠다던 기별은 받

앗다만
　　살아생전 다시 만날 수 있을까
　　우리 다산茶山의 목소리를 들을 수나 있을까
　　천지는 밤에 잠기는데
　　파도소리 점점 거칠어지는데

* 손암은 『자산어보』 저자 정약전의 호.

아버지의 꽃

어시장 왁자한 어물전마다
커다란 고무통 찬물에 잠긴
다발다발 무수한 주홍빛 돌기

봄이다

어린 딸들은 마루 끝에 앉아 햇볕을 받고 어머닌 수돗
가에서 멍게를 손질하였다 맨드라미 꽃씨 심는 아버지
의 손목에 선명한 힘줄 가장家長의 의지가 꿈틀거렸다 이
윽고 작은 술상이 차려지고 아버지는 손을 비볐다 맛있
는 것을 앞에 둔 아버지의 버릇이었다 햇살에 반짝이는
술잔, 알싸한 멍게 향이 일요일 오후에 스몄다 딸내미
셋을 나란히 앉혀놓고 붉은 낯빛의 아버지는 부드러운
저음으로 '선창'을 불렀고 음치에 가까운 어머니의 '봄날
은 간다'가 이어졌다 애들아, 아버진 말이다 봄이 오면
멍게가 단연 좋더라 이 바닷냄새가 참 좋더라 바다에서
피는 꽃 같지 않냐 초장에 찍은 멍게를 먹이려는 아버지
와 한사코 싫다는 딸들의 실랑이가 오가는 이른 봄날

선창도 사라지고 그 봄날도 갔다

오늘은 어시장에서 멍게 한 봉지를 샀다
아버지 생전에 꽃이라 했던
그러니까 입안 가득 봄 바다다

수돗가에 뜬 달

가까스로 해가 철둑을 넘어갈 때였다
마을 해치 장구 장단 젓가락 장단에
부부는 일찌감치 해당화 낯빛으로
감 냄새 풍기며 대문을 열었다
눈 흘기는 어린 딸의 볼을 비비는
젊은 아비의 턱수염에 딸의 뺨에도 채송화가 피고
이미 물 건너간 저녁밥에 잔뜩 부은 볼
세상모를 조그만 계집아이의 심사心思
지아비에겐 여전히 어여쁜 젊은 지어미가
비틀비틀 수돗가에 쪼그려 앉는다
앉으면서 몸뻬를 쑤욱 내리곤
쏴아아 한바탕 소낙비를 내린다
씨이, 대문 옆에 변소 있잖아
삐죽거리는 딸의 손을 꼬옥 잡는 아비
허허, 수돗가에 달이 떴네
오늘이 보름인가 내일이 보름인가
저 희고 고운 달 좀 봐라

그 해도

그달도 지고 없는데
비 오는 달밤은 언제 또 보나

밤안개
― 고라니가 우는 밤

도무지 높이나 넓이를 가늠할 수 없는 거대한 안개가 밤마다 마을을 에워싸기 시작하자 스멀스멀 소문이 대문을 드나들었어

마을 공동변소가 있는 도랑가 판자촌, 얼굴과 손가락이 문드러져 붕대를 칭칭 감은 사람이 밤마다 몽유병자처럼 거리를 헤맨다느니 길을 가로막고 우두커니 서서 별빛을 받아먹는다느니 아무나 붙잡고 중얼거린다느니

쉿! 밤이다 나가지도 말고 문도 열지 말거라 저기 발을 딛는 순간 누가 채어간단다 애들 간을 빼간단다

아이들 단속 마을 단속으로 집집이 골목마다 쑥덕거리고, 호기심과 두려움의 짜릿한 흥분에 아이들은 쥐똥 같은 눈을 깜박거렸지

영길이 아재, 나란한 판자촌 두 번째 방, 손과 목에 감은 붕대가 누런, 눈이 아주 큰 곱슬머리, 마흔이 되도록 장가도 못 간, 태양 아래 제대로 나선 적 없는

축축한 안개가 지붕과 골목을 지우고 고라니가 한참을
섬뜩하게 울던 밤, 누구 하나 작살날 것 같은 그 밤 이후
영길이 아재는 보이지 않았어 소문은 찌꺼기마냥 남아
떠돌고 안개의 혓바닥은 여전 널름거리는데

만곡彎曲*

여기 보이죠
척추뼈가 앞쪽인 배 쪽으로 미끄러져 나가 조금 기울
었어요
휘어진 뼈가 신경을 눌러 허리가 아픈 거에요
더 심해지면 수술해야 하고요
건조한 목소리를 가진 의사는 까만 필름지에 토르소로
박힌
척추를 보여주며 의자 깊이 기댔다

게으름과 권태 사이
가끔 샛길로 빠지는 나를 이끄느라
몸은 안간힘을 쓰고 있었구나
미처 다듬지 못한 모서리를 없애느라
둥글게 휘어지려 애쓴 흔적

마음이 몸을 따라가고
몸이 마음을 따라가기도 하는 날들의 연속

뒤처지는 마음 앞세우려 먼저 나간 몸과

감당하지 못한 습관의 힘에 대하여
정신과 육체가 나란히 균형을 이룬다는 것에 대하여

새우처럼 구부려 곰곰 생각해본다

* 활처럼 휘우듬하게 굽음.

불타는 짬뽕

개새끼, 여자가 누구에게 하는 소린지 큰 소리로 씩씩
대며 혼자 들어선다. 밥 먹고 다시 보자며 의자를 왈칵
빼며 앉고는 한쪽 다리를 옆 의자에 올린다. 늦은 오후
의 중국집 식당을 선풍기는 연신 훑고 있다. 내가 콧구
녕이 두 개라서 숨을 쉰다. 플라스틱 부채를 급하게 흔
드는 여자의 굵고 늘어진 팔뚝이 출렁인다. 땀방울인지
눈물인지 뺨을 타고 흐른 세로줄이 선명하다. 사랑? 염
병! 내 관 뚜껑 썩기 전엔 어림없다. 아무도 없는 출입구
를 향해 쏟아지는 여자의 악다구니. 얼마나 화가 치밀면
부끄러움도 없이 저럴까, 좀처럼 가라앉을 분위기가 아
니네. 주인은 말없이 찬물 한 컵을 탁자에 놓는다. 단숨
에 물을 들이켜는 여자의 처진 턱밑으로 머리카락이 엉
켜 있다. 파운데이션이 얼룩진 얼굴은 식당의 벽지처럼
빨갛고, 윤기도 없이 구겨진 핸드백은 꽃무늬 블라우스
로 더욱 초라하다. 휴지로 눈가를 닦는 여자의 숨소리가
차츰 가라앉자 선풍기의 모터 소리가 커진다. 중얼거리
며 혼자 고개를 끄덕이던 여자가 마침내 결심한 듯 주인
을 부른다. 사장님, 여기 짬뽕 하나요!

이월춘

1957년 창원 출생
1986년 무크 『지평』과 시집 『칠판지우개를 들고』로 등단
시집 『감나무 맹자』 외 다섯 권
문학에세이 『모산만필』
편저 『벚꽃 피는 마을』 외 한 권
경남문학상, 김달진문학제 월하진해문학상 수상

실안낙조

다 때려치우고 저 섬에나 들어가 살아볼까 하다가
이대로는 살 수 없을 것 같아도 살다 보면 또 다 살아
지는 것이라는데
일자리 늘리고 격차 줄인다는 말 믿지 않지만
마지못해 하고 사는 일이 한둘이더냐
사는 게 사는 게 아니고
어디서 와서 어디로 가는지도 모르지만
약도 먹고 마음도 먹고 나이도 한 살 더 먹는다

섣달 장독

한 사나흘쯤 앓고 나야
오한이나 기침 같은 잡병도 사그라지듯
지리산의 겨울을 담지 않고서는
생의 어둠이나 골짜기의 성분을 어찌 엮을까
오래 묵은 달과 별의 광선을 쪼이면
사람 자체가 달라져 버리는 섭리
저건 분명 마음을 쌓는 것이리라
이불을 개고 설거지를 하듯 사소한 시간이 흐른다
묵언의 정진과 몇 번의 동안거冬安居 뒤
담백하고 신성한 노동에 신神은 기적을 주신다
갈색 항아리에서 우러나는 풍미風味와 산미酸味
무엇에건 열중하면 마음에서 열이 난다
세상은 계산하는 것이 아니라 건너가는 것이다

독毒을 다루는 여자

못난 구석 서넛쯤 없는 사람 있으랴
눈 없는 겨울산을 다녀와
혼자만의 누추한 비밀을 다독이려
어시장 골목 허름한 복국집에 들렀다
예순 줄에 들어선 김복선 여사
스물에 시집와 시어머니께 독毒을 배웠다
간암 남편 병수발 끝에 앞세우고
서른 해 넘도록 복어독을 다스리다 보니
세 아이도 저절로 자라 홀로 가게를 꾸린다
세계 4대진미 중 하나를 다루는 사람이라며
농弄을 던져도 희미하게 웃어줄 뿐이지만
품이 넓은 맛에 말라가는 시간의 냄새를 맡듯
나는 그녀가 다루는 사랑의 어법을 안다
별은 멀리 있어 내가 별을 헤아릴 뿐
별이 인간을 헤아릴 순 없는 것처럼
독毒을 다스리는 여자 김복선
오늘도 그녀와 술목관계述目關係의 사랑을 믿는다

환갑 還甲

나이 쉰이 넘으면
부모와 애틋하게 이별하거나
친구 서넛쯤은 보낸 사연이 있기에
그래서 세상사에 의연하기 마련인데
어제보다 늙어버린 오늘
생의 언덕에 군내를 풍기며
안간힘의 동아줄을 붙잡고 있어
살면서 맷집이 두터워졌고
울렁거리며 기신기신 건너가는 다리

하룻밤

자고 일어나 보니 벚꽃이 다 졌다
만리장성을 쌓은 적도 없는데
부지깽이나 빗자루를 안고 잔 것도 아닌데
찬란하고 쓸쓸한 환상
하룻밤 사이에 다리를 놓기도 하고
이름을 얻기도 하고 권력이 낙엽이 되어
감옥 갈 일도 생긴다지만 아니다
그런 일은 하룻밤에 일어나지 않는다
삶은 결코 도깨비장난이 아니다
화무십일홍의 이름으로 꽃이 지듯
죽은 후에도 자란다는 업業 때문이다
단 하룻밤도 허투루 살 일은 아니다

정유년 정월

맹동孟冬 중동仲冬 계동季冬을 다 지나 다시 엄동嚴冬이다
만사萬事에 막바지가 있고 궁핍을 지나면 여유가 온다
는데
삼한사온三寒四溫은 어딜 가버리고 올해는 상한常寒이다
절간마다 성당마다 만발공양萬鉢供養의 더운 김이 오르는
꿈을 꾼다

눈물 맛

눈물 맛을 아시는가
화가 나거나 슬플 때는 짜고
즐겁거나 기쁠 때는 달다는 눈물 맛
가령 영화를 보다가 눈시울 뜨뜻해지는
눈물 맛은 달까 짤까
뫼비우스 증후군을 가진 정우 엄마나
뇌전증으로 하루 두 번 발작을 일으키는
은혜 아버지의 소리 없는 눈물 맛은 짤까 달까
남미나 아프리카 최빈국 아이들이 맨발로
이십 리를 걸어 물 뜨러 가는 이야기나
캄보디아에서 시집와 육 년 만에
톤레삽 호숫가 친정엄마를 끌어안고 흘리는
통짠디의 눈물 맛은 짤까 달까
아니 시큼할까
아직도 나는 눈물 맛을 모른다

칼디의 전설

하루에도 몇 잔씩 아메리카노를 마신다
담배나 소주처럼 습관의 뿌리는 깊고 질기다
귀신 잡는 해병으로 젊음을 달러로 바꾼 형님
백설탕과 시레이션 박스를 생각하며
다낭의 길거리 카페에서 월남커피를 마신다
내려서 마시는 아메리카노 한 잔에 삼백 원
분명 열서너 살의 아이가 딴 커피콩일 테다
악마와 지옥과 천사와 사랑의 맛이라지만
나는 자꾸 얼룩무늬 군복과 헬리콥터가 떠올라
달랏이나 부온마투옷 커피농장 연기와 땀 냄새가 난다

난생처음 밥을 하다

평생 밥 한 번 지어 본 적이 없다 나는
아내를 자식들에게 뺏긴 날 저녁
하릴없이 혼잣손이 되어 전기밥솥에 밥을 해
김치와 멸치볶음으로 한 끼를 해치웠다
오호, 이 기고만장氣高萬丈을 용서하시라

쌀을 씻어 밥물을 맞추고 안쳐서
고슬고슬한 한 그릇 밥을 지어보지 않고서는
삶을 책임진다고 말하지 마라
즉석밥과 편의점 도시락이 넘쳐나도
부엌살림의 숭고함과 의미를 알지 못한다면
가족이 어디 있고 사랑이 어디 있나
어린 사람도 아주 바쁜 사람도 할 수 있다 밥

맨손으로 수세미를 들고 설거지를 한 후
막대에 부직포를 달아 거실 먼지를 훔친다
용서는 밥솥에게나 줘버려라 혼잣말을 하며

봄

남이 저렇게 사니까 내가 괴롭고 힘들다
프란치스코 교황 말씀대로
지금 당장 한 사람을 용서해야 한다면
나를 용서해야지

학교 문 앞에도 못 가봤지만
사는 데 아무런 지장이 없었던 어머니
경칩이 지나면 뱀이 눈을 뜨고
청명淸明 곡우穀雨에 만물이 생명을 받듯이
살면서 배우고 배우면서 살았기 때문이지

동지섣달 곱은 손발로
소한小寒 대한大寒 지나느라
부스스한 나를 불러 앉혀서
씻기고
머리 빗겨
신神에게 가까이 갈 수 있도록
등 두드려 내보내고 싶은 아침

해 설

저기, 출렁하고 그대가 온다

성 선 경(시인)

지식인의 절반은 시인이고, 절반은 교수라는 조롱이 난무하는 시대다. 이 시대의 시인은 무엇인가? 우리들의 자리는 섣부르고 낯간지러운 동일시에 대한 반성에서 출발해야 하지 않을까 싶다. 시인은 시인의 깜냥이 되어야 하고 교수는 교수로서 깜냥이 되어야 한다. 우리 지역의 오늘날 문단 풍토는 글보다 감투나 쓸려 하고, 감투가 무슨 문학적 성취인양 으스대는 꼴이 부끄럽다. 후배들의 치열한 글쓰기에 우리는 자극받아야 한다.

올해는 탄핵정국이다, 장미대선이다 마냥 시끄럽다. 이런 혼란스러운 시국에서 시란 과연 무엇인가 하는 자기반성에서 우리들의 시를 되돌아본다.

출렁,
그대가 온다

네거리 교차로 횡단보도 너머
와르르 쏟아지는 사람들 사이
솟아났다 가라앉았다 수차례
그대가 땅속을 몇 번 들어갔다 나왔는지 나는 짐작만
할 뿐

신의 뜻이겠지
신의 뜻일 것이다
신은,
왜

기울어진 몸만큼 무너진 청춘을 짚고
겨울 강가에서 입술을 깨물었다는 그대의 문간방은 자주
젖었다지
기우뚱 내려가는 어깨의 깊이로
지상의 파동에 예민한 한쪽 발의 감촉
지하에 이르는 길을 잘 알 수 있댔지
동굴 같은 시간을 헤매며 더듬다
어쩌다 이만큼 오게 되었다지
온 빛을 지닌 그대 얼굴은

신호등은 바뀌고
숨 가쁜 물살처럼
기슭을 향하는 작은 배처럼
출,
　령

그대는 온다.

　　　　　　　　　　－ 이서린 「그대가 나에게 올 때」 전문

　늘 그대는 출렁, 온다. 이것이 '신의 뜻이겠지/ 신의 뜻일 것이다' 회의하게 하면서 '출렁,/ 그대가 온다' '기우뚱 내려가는 어깨의 깊이로' 그대가 온다. 그대는 내가 다 인지하지 못하는 '동굴 같은 시간을 헤매며 더듬다' 갑자기 아무런 예고도 없이 우리에게 당도한다. '기울어진 몸만큼 무너진 청춘을 짚고' 출렁, 그대가 온다.

　'네거리 교차로 횡단보도 너머/ 와르르 쏟아지는 사람들 사이'지하에서 지상으로 '솟아났다 가라앉다 수차례' 나는 알지 못하고 짐작만 할뿐 늘 그대는 출렁, 온다.

　그대가 나에게 올 때 이것이 '신의 뜻이겠지/ 신의 뜻일 것이다'회의하게 하면서 '출렁,/ 그대가 온다'긴 장마의 끝에 햇살이 온 땅을 비추듯 '신호등은 바뀌고/ 숨 가쁜 물살처럼/ 기슭을 향하는 작은 배처럼' 출렁, 그대가 온다.

　　한 뼘도 안 되는 키 작은 봉숭아 하나.
　　오늘 아침에야 보니
　　화단 귀퉁이 눈부시게 꽃 피웠다.

　　다들 먼저 꽃 피우고 씨방 터트릴 때,

겨우 손톱만 한
꽃눈 달았던 놈.

보일 듯 말 듯 다른 것들 발치에서
용케 얼굴 내밀 때만 해도
저게 꽃이나 피울까 미심쩍더니,

가을 다 가기 전
끝내, 꽃 피웠다.
꽃 피자 나비 한 마리 어김없이 찾아주었다.

아, 꽃들은 왜 기를 쓰고 피는가!
나비는 어찌하여 잊지 않고 오는가!

피어라, 목숨 있는 것들은 다!
크든 작든 축복은
언제나 그대 머리맡에 드리워져 있다.
                    ― 김우태 「꽃은 왜 피는가」 전문

그대는 '한 뼘도 안 되는 키 작은 봉숭아 하나'에서도
온다. '보일 듯 말 듯 다른 것들 발치에서/ 용케 얼굴 내
밀 때만 해도/ 저게 꽃이나 피울까 미심쩍더니' 축복처
럼 그대의 머리맡에 드리워져 있다.

그대는 늘 꽃으로, 향기로, 축복으로 온다. '가을 다 가
기 전/ 끝내, 꽃 피' 운다. 우리는 늘 회의에 젖고, 우리

는 늘 의심의 수렁에서 벗어나지 못할 때, 그대는 늘 저
만치 와 있다. '아, 꽃들은 왜 기를 쓰고 피는가!/ 나비는
어찌하여 잊지 않고 오는가!' 생각해 보면 그대는 늘 우
리보다 먼저 당도해 있었고, 우리의 생각보다 먼저 와
있었다.

'피어라, 목숨 있는 것들은 다!/ 크든 작든 축복은/ 언
제나 그대 머리맡에 드리워져 있다.' 우리들의 의심과 회
의를 넘어서 출렁, 그대가 온다.

누가 있는지 돌아볼 여유도 없이
풀벌레보다 먼저 눈을 떠서
오직 한 사람만을 위해
뜨겁게 여름을 보내겠습니다

쪽빛보다 푸른 하늘에 우뚝 솟아
참새보다 먼저 들녘에 나가
오직 한 사람만을 위해
부지런하게 가을을 보내겠습니다

머지않아 내릴 들녘의 어둠 바라보다가
허수아비처럼 모든 것 내어놓고
오직 한 사람만을 위해
겸손하게 빈손으로 떠나겠습니다

햇빛이 달무리처럼 번지는 돌담 사이로

긴 눈보라 견디며 기도하던 손
오직 한 사람만을 위해
작지만 큰마음 담아 잎을 틔우겠습니다
— 민창홍 「해바라기」 전문

우리는 늘 그대를 기다린다. '누가 있는지 돌아볼 여유
도 없이/ 풀벌레보다 먼저 눈을 떠서/ 오직 한 사람만을
위해/ 뜨겁게 여름을 보' 낸다. 오직 한 사람만을 위해
'허수아비처럼 모든 것 내어놓고' 오직 한 사람만을 위해
'참새보다 먼저 들녘에 나가' 부지런하게 가을을 보낸다.

우리들의 기다림은 늘 그렇다. 오직 한 사람만을 위해
늘 기도하고 기다린다. 언제 어디서 그대가 출렁 나타날
지 모를 그 시간을 위해 '오직 한 사람만을 위해/ 작지만
큰마음 담아 잎을 틔우'고 마음과 몸을 오로지 한다.

'머지않아 내릴 들녘의 어둠 바라보다가/ 허수아비처
럼 모든 것 내어놓고/ 오직 한 사람만을 위해' 우리는 늘
그대를 기다린다.

빈손이 빈손을 슬며시 잡아보는 일
맨손이 맨손을 가만히 잡아보는 일
참 민망하게 아름다울 일이다

빈손이 맨손에 포개져서
이 손에서 저 손으로 이어지는 체온이

참 살갑게 가슴을 데울 일이다

쥐고 있는 것들을 내려놓고
손을 잡아보면 손바닥을 비벼보면
내려놓아도 넉넉해지는 마음에 덥석덥석
손잡게 된다

가진 손이 없는 손을 어루만지고
강한 손이 약한 손을 끌어당기면
세상의 모퉁이도 둥글게 된다
각진 마음도 슬며시 다가온다

서로 눈길을 주며 손을 잡자
젖은 손도 거친 손도 잡아보면 따뜻하다
미안하다 힘내라 사랑한다고
불끈 힘을 주며 손을 잡아보자

손을 잡는 일
사람의 마음으로 길을 내는 일이다
밝고 건강하고 거룩하고 찬란해서
살맛나는 세상의 창을 닦는 일이다
                    – 김시탁 「손을 잡는 일」 전문

　우리가 그대를 맞는 일은 '손을 잡는 일'이다. '내려놓
아도 넉넉해지는 마음에 덥석덥석/ 손잡게 된다' '이 손

에서 저 손으로 이어지는 체온이' 따뜻하다.

사람이 사람과 만나는 일은 '빈손이 빈손을 슬며시 잡아보는 일/ 맨손이 맨손을 가만히 잡아보는 일'이다. 참 민망하지만 아름다운 일이다.

이렇게 손을 슬며시 맞잡고 보면 '세상의 모퉁이도 둥글게 된다/ 각진 마음도 슬며시 다가온다' 우리는 그대와 이렇게 만난다. 그래서 '손을 잡는 일/ 사람의 마음으로 길을 내는 일이다'

그래서 그 길은 '밝고 건강하고 거룩하고 찬란해서/ 살맛 나는 세상의 창을 닦는 일'이며 모든 세상의 빛이 되는 일이다. 그래서 우리는 그대를 이렇게 맞는다.

세상 빛 다 섞으면 투명해지듯
세상 소리 다 담으면 침묵이 된다는 걸
섬진강에 귀 대 보고 알았네

모든 색 다 쌓으면 무채색 되듯이
모든 생각 다 담으면 적막이 되는걸
섬진강물에 손 담가보고 알았네

눈 감으면 결로 만져지는
물소리 바람 소리 노승의 독경 소리
노루 산토끼 어치 딱새 착한 눈망울
삼월 잔설의 넋두리까지

다 담거나 다 비우거나
한 가지라는 걸
섬진강 가에 가서 보았네
            – 김일태 「섬진강 가에서 보았네」 전문

출렁, 그대가 올 때 세상은 투명해진다. '세상 빛 다 섞
으면 투명해지듯' 그대와 만나면 우리는 모두 투명해진
다. '세상 소리 다 담으면 침묵이' 되듯이 우리가 그대를
맞이하면 세상의 빛을 다 섞은 듯, 세상의 소리를 다 담
은 듯 투명해지고 침묵에 닿게 된다. 시인은 섬진강에
가서 '모든 색 다 쌓으면 무채색 되듯이/ 모든 생각 다
담으면 적막이 되는걸' 보게 된다.

우리가 늘 그러하듯 사랑이란 것은 다 담거나 다 비우
는 일이다. 우리의 분별심分別心은 늘 이것이 다른 두 가
지의 길로 생각하지만 시인은 섬진강에 가서 '다 담거나
다 비우거나/ 한 가지 라는 걸' 깨닫게 한다. 여기에서
우리는 새로운 한 생각이 열린다.

남이 저렇게 사니까 내가 괴롭고 힘들다
프란치스코 교황 말씀대로
지금 당장 한 사람을 용서해야 한다면
나를 용서해야지

학교 문 앞에도 못 가봤지만

사는 데 아무런 지장이 없었던 어머니
경칩이 지나면 뱀이 눈을 뜨고
청명清明 곡우穀雨에 만물이 생명을 받듯이
살면서 배우고 배우면서 살았기 때문이지

동지섣달 곱은 손발로
소한小寒 대한大寒 지나느라
부스스한 나를 불러 앉혀서
씻기고
머리 빗겨
신神에게 가까이 갈 수 있도록
등 두드려 내보내고 싶은 아침

— 이월춘 「봄」 전문

　우리가 그대를 만나는 일은 먼저 나를 용서하는 일이
다. 나를 용서할 수 있어야 다른 이들도 용서할 수 있다.
그래서 그대를 만나는 일은 먼저 나를 용서하는 일이다.
시인은 '프란치스코 교황 말씀대로/ 지금 당장 한 사람
을 용서해야 한다면/ 나를 용서해야' 한다고 말한다.
　배움이란 어떤 경전에만 있는 것이 아니라 이러한 새
로운 깨달음에서 오는 것이다. 그래서 시인은 한 생애를
훌륭하게 살아내신 어머니를 떠올리며 '학교 문 앞에도
못 가봤지만/ 사는 데 아무런 지장이 없었던 어머니/ 경
칩이 지나면 뱀이 눈을 뜨고/ 청명清明 곡우穀雨에 만물이
생명을 받듯이/ 살면서 배우고 배우면서 살았기 때문이

지'라고 노래하고 있다.

　우리에게 오는 그대는 늘 이렇게 새로운 깨달음으로 출렁, 그대가 온다. 봄이 오듯이 소리 없이 출렁, 그대가 온다.

　　추수 끝났다
　　들은 텅 빈다

　　도리깨, 탈탈이, 곰배갱이 등등
　　잊혀 진 이름은 돌아오지 않고

　　이슬인지 안개인지
　　길 잃은 빗방울만 스며드는 들판은
　　적막해진다

　　하지만 뜨거워라
　　들판은 치열하다

　　메뚜기, 지렁이, 논늑대거미...
　　그들만의 리그는 이제 시작이다

　　흑갈색으로 몸 바꾼 초록메뚜기
　　부릅떠 응시하는 논늑대거미
　　더 깊은 흙 속을 파고드는 논지렁이

시방 추수 끝난 빈들은
사생결단 중

- 이달균 「빈들」 전문

　세상의 모든 길과 시간은 이어져 있어서 끝남과 다함
이 없다. 이달균 시인의 「빈들」에서 이러한 생각의 한 깨
달음을 보여주고 있다. 추수가 끝났다고 들의 생명은 끝
난 게 아니다. 추수가 끝난 들에도 새로운 생명의 활동
은 계속되고 있다. 우리들의 눈에는 '이슬인지 안개인
지/ 길 잃은 빗방울만 스며드는 들판은/ 적막해' 보이지
만 '메뚜기, 지렁이, 논늑대거미…/ 그들만의 리그는 이
제 시작이다'

　어제의 끝은 오늘의 시작이고 오늘의 끝은 내일의 시
작이다. 세상의 모든 길과 시간은 이어져 있어서 끝남과
다함이 없이 계속된다. 추수가 끝난 빈들도 다시 새로운
생명의 활동이 계속되고 있어 '흑갈색으로 몸 바꾼 초록
메뚜기/ 부릅떠 응시하는 논늑대거미/ 더 깊은 흙 속을
파고드는 논지렁이'는 우리들의 시각 밖에서 새로운 활
동을 시작하는 것이다.

　우리에게 그대는 늘 이렇게 온다. 출렁, 봄으로, 적막
으로, 천둥으로, 벼락으로 온다. 빈손을 맞잡으며 온다.
천둥이 치듯 온다. 벼락을 맞듯 온다. 이 세상의 모든 환
유로서 출렁, 그대가 온다. 그리고 늘 그대는 우리 곁에
와 있다. 언제나 그대는 우리 곁에 와 있다. 우리가 모르

는 사이 그대는 먼저 당도해 있다.

　　내 도장은 벼락 맞은 대추나무로 만든 것
　　이것을 나는 무슨 벽사의 부적처럼 여기고
　　주머니 안에 넣어 다니며 몰래
　　남몰래 주머니에 손을 넣어 만지작거리고
　　무슨 못들을 말을 듣거나
　　못 볼일을 보게 되면 만지작거리고
　　벽사의 주문처럼 웅얼거리고
　　이 대추나무 뼈다귀를 움켜쥐게 된다
　　알고 보면 모든 대추나무는 벼락을 맞고
　　이 벼락 맞은 대추나무 뼈다귀들이
　　축제의 난전에서 도장으로 환생하지만
　　그래도 참 이딴 것에 하고 우스워도 하지만
　　이는 정말 잘 모르고 하는 일
　　벼락에 맞는 일은 환골 하는 일
　　벼락을 맞는 일은 탈태 하는 일
　　한 생애를 뛰어넘는 일이다. 나도
　　언젠가 벼락을 맞아봐서 안다. 그래서
　　벼락 맞는 일이 얼마나 큰일인지 안다
　　내 도장은 벼락 맞은 대추나무로 만든 것.
　　　　　　－ 성선경 「모든 대추나무는 벼락을 맞고」 전문